常春藤诗丛

复旦大学卷

施茂盛 主编

韩国强 著

韩国强诗选

陕西新华出版传媒集团

太白文艺出版社

图书在版编目（CIP）数据

韩国强诗选 / 韩国强著. —— 西安：太白文艺出版社，2019.1

（常春藤诗丛. 复旦大学卷）

ISBN 978-7-5513-1665-1

Ⅰ. ①韩… Ⅱ. ①韩… Ⅲ. ①诗集－中国－当代 Ⅳ. ① I227

中国版本图书馆 CIP 数据核字（2019）第 024689 号

韩 国 强 诗 选

HAN GUOQIANG SHIXUAN

作　　者　　韩国强

责任编辑　　侯琳

封面设计　　不绿不蓝 杨西霞

版式设计　　刘戈

出版发行　　陕西新华出版传媒集团

　　　　　　太 白 文 艺 出 版 社

经　　销　　新华书店

印　　刷　　北京彩虹伟业印刷有限公司

开　　本　　787 毫米 ×1092 毫米　1/32

字　　数　　79 千

印　　张　　7.375

版　　次　　2019 年 1 月第 1 版

印　　次　　2019 年 1 月第 1 次印刷

书　　号　　978-7-5513-1665-1

定　　价　　45.00 元

关于复旦大学诗社
——《常春藤诗丛·复旦大学卷》序言

　　《常春藤诗丛》即将付印之际，复旦大学卷的序因故一直没有落实，考虑到整个诗丛的一致性，丛书策划人和复旦卷主编希望我担当此任。自知没有资格和能力为复旦卷写序，但为了丛书整体进度，只能尽我所知，并从公开资讯中获取相关资料，介绍持续近 40 年的复旦诗社。

　　复旦诗社成立于 1981 年，一直是复旦大学校园文化的象征，是中国当代诗坛上历史悠久、传承有序、诗人辈出的高校诗社。在 20 世纪 80 年代前期，曾与北京大学五四文学社、吉林大学赤子心诗社、安徽师范大学江南诗社并称全国高校四大诗社。30 多年来，它带动复旦大学成为中国现代诗歌的重镇之一，走出了许德民、孙晓刚、李彬勇、张真、傅亮、杨小滨、陈先发、韩国强、施茂盛、韩博、马骅、肖水、洛盏、顾不白、徐萧等一大批优秀诗人，形成海纳百川的"复旦诗派"。

"仿佛梦幻，每当回想起这一段生命的华彩，我还是会深深地悸动。诗的力量滋润了我整个生命，也注定了我与诗一生同行。"提起往事，1979级经济系的学生，复旦诗社创始人、第一任社长许德民满怀深情地说，"我的诗歌生涯是从复旦起步的。1981年，我在复旦发起成立了复旦诗社，也是它把我培养成为一个诗人。"

　　复旦的诗人们与中国诗人一样，从20世纪70年代末开始，以空前的热情参与了自新诗历史以来最具想象力，也最具使命感的创造。1983年许德民负责编辑了中国第一本大学生抒情诗选《海星星》（复旦大学出版社出版），第一版就印了38000本，后来又加印数次，印数将近70000本，这在诗歌受到冷落的今天是不可想象的。第二年复旦诗社又编辑出版了第二本诗选《太阳河》。两本诗集在20世纪80年代的大学校园和社会上广为流传。

　　"20世纪80年代后半期的诗歌创作，却也并非空无，一批又一批追求各异的诗人，竞相出现，他们写出了属于他们自己并引为自豪的诗篇。海子就出现在此一时期，并且成为一种精神象征，照亮了此际丰富而贫乏的诗歌天空。"（谢冕：《丰富而又贫乏的年代》）第二十六任复旦诗社社长王明鉴曾说："在我担任诗社社长以来,有幸接触了很多20世纪八九十年代的诗社前辈,在和他们探讨诗歌探讨诗社的未来时,我常常会惊异于他们对诗社、对诗歌的坚定,惊异于他们对自己内心深处那片净土的坚守。品读许德民、天骄(韩国强)等各任社长的诗歌作品时,我常常会不自觉地想象:在曾经的那些年代里,复旦诗社有着怎样的风光与气势!"

在复旦诗社举行的创社24周年纪念会上,许德民、周伟林、李彬勇、傅亮(第三任社长)、杜立德(第四任社长)、杨宇东(第十一任社长)等诸多早期复旦诗社诗友和诗社现会员、中文系的部分教授济济一堂,就如何在现代社会发扬诗歌文化,如何定位当今校园诗歌创作等问题展开了热烈的讨论。2005年复旦百年校庆时,许德民担任主编的《复旦诗派经典诗歌》《复旦诗派前锋诗歌》《复旦诗派诗人丛书》等16卷复旦诗派诗歌系列作品得以出版,完成了梳理和总结复旦诗歌的浩大工程。

"旦复旦兮,日月光华",安放在复旦校园内的"复旦诗魂"铜雕,以当年《诗耕地》创刊号封面为设计原稿,进行艺术化处理,凝聚着复旦人永远的诗魂。正像诗人刘原(复旦诗社第六任社长)所说:"更单纯/恢复到最初初恋的明净/让走过的路上都弥漫馨香。"

复旦诗社近年来非常活跃，组织了"复旦诗社复兴论坛""'在南方'诗歌奖评选"等一系列诗歌活动，并定期举行"在南方"诗歌沙龙，邀请复旦大学、上海乃至全国的著名诗人与同学们进行交流。2011年，复旦诗社举办首届复旦诗歌节并设立针对在校大学生的"光华诗歌奖"。此后，每届"光华诗歌奖"都邀请诗歌界的代表诗人作为评委，该奖项现已成为针对高校的、代表着创作高水准的诗歌奖。复旦诗社还创建了全国高校第一个以诗歌为主体的公益图书馆——复旦诗歌图书馆；之后又成立了复旦大学诗歌资料收藏中心，偏重于当代诗歌资料的搜集。诗人、作家、诗歌资料收藏中心执行主任肖水介绍，选择当代方向，是因为复旦在当代中国诗歌的写作和研究方面都有一定的传统和建树。他认为：诗歌资料收藏中心的建立，"就是要为复旦的诗歌写作和研究添砖加瓦；为诗人们建立坐标，提供营养；为诗歌研究者提供便利，催发动力；从而为整个中文诗歌的写作和研究营建更好的诗歌生态"。

前期的复旦诗社中，有我许多朋友和熟人，故深知他们的探索和耕耘。复旦的诗歌成就是有目共睹的，也是卓越的，我深信复旦学子一定会客观而又全面地总结出复旦诗学、复旦诗歌的理念和精神，以及复旦诗歌发展轨迹。据说复旦大学卷只选了 5 位复旦诗人的作品，我不敢断言这能否充分体现出复旦诗人的全貌，或许只是某一时期的截面或缩影。但毫无疑问，诗丛入选的李彬勇、杜立德、陈先发、韩国强、施茂盛 5 位诗人是出类拔萃的，他们不仅属于复旦，也属于全中国。我也不敢说我的描述是否涵盖跨越近 40 年复旦诗歌的发展轨迹，在此，我要向复旦诗社第一任至第四十六任社长许德民、卓松盛、傅亮、杜立德、张浩、刘原、甘伟、韩国强、黎瑞刚、刘俊浩、杨宇东、王海威、宋元、胡方、韩博、吴键虎、许超、郭军、李文立、杨蓉蓉、施兴海、成明、丁雁南、李健炜、丁炜、王明鉴、肖水、吾勉之、洛盏、顾不白、徐萧、沈逸超、田驰、杨扬、付东东、陈汐、曹僧、王大乐、王子瓜、张雨丝、廖如妍、西尔、李子建、卢墨、周一木、杨雾，以及无法一一提及的复旦诗人致敬。

苏历铭

2018 年 9 月 21 日 北京

目录

去年在马里昂巴德

天气一直没有好过

你坐在阳台上看一本关于我的书时

就下起雨来

我在你背后的沙发里写诗或喝茶

去年夏天在马里昂巴德

你结婚的第二天

我们在第五层楼的过道上相识了

那时你和我一样

闲得发慌，没事可干

那是在火车上

经过了几座城市之后

你走进车厢坐在我的对面

摘下手枪放在桌上

我所说的去年夏天就是现在

没人作声

你低声说马里昂巴德

马里昂巴德

就下起雨来

教堂里除了我们

再没有别人

你披着黑色的风衣

把枪口移向我

我把想说的默念了几遍

就向你走去

去年夏天在马里昂巴德

你结婚的第二天

我们在火车上闷头抽烟

那时我们都这样

闲得发慌，没事可干

你坐在阳台上看一本关于我的书时

火车真的开了

我在书里攥紧你的手

什么也不说

1987 年

活过一次

我们简单地活过一次
其中有一些偶然的因素
和一些不偶然的因素有关

我们恰如其分地活过
在明天里生活
表情比空气还透明
比自然还有原则
它们在水面上漂摆不定
样子很空洞

骚乱的年代以前
我们和秋天一样短促
一样自生自灭
没有一张符合我们心情的面孔

我们自己的面孔
使身体直接毁坏

我的祖先是一头巨象
巨象出生以前
茂密的蜥蜴正统治着天空

我和这么一种人活在一起
他们仿制孩子的舞蹈
用苍老的方言对话
他们离天空很远
没有见过壮观的生命

我只简单地活过一次
以后如有机会
我也不会贸然地凝望天色
我知道
这时候所有的天空
都蓝得深刻
蓝得逼真

1987 年 4 月

一只鸟就是一只鸟

一只鸟就是一只鸟
它飞来
然后飞走
中间伫留了一会儿

一棵树就是一棵树
它生长
又花开花落
中间枯荣了几次

我活过，爱过，然后死去
中间要么说话
要么沉默

1987 年 4 月

白云静止

风停在破落的庭院
中断的书籍，朝代停在世纪的末页
脉络席卷苍叶，声音全部停在水中
我停在空中，形容寂静如初

安谧如初，手臂停在肩上
手杖停在地上，浪花瓣瓣
停在临海的家乡，时间之手必是向阳之手
停在时间之外，安谧之外

智慧停在我的心中
忧郁的性格，忧郁的梅花
生成光辉的一面，多芒的一面，三弄梅花
梅花停在我的品格之中

构成风景的我，和风景相亲相依
母亲停在很远的远处，视线穿透风景
寂寞的陈设闪烁着光阴
寂寞的面庞仿佛停在梦中

和晨曦中四处弥散的阳光一致
白云静止，深秋的落木似雨
黯淡的书房，黯淡的千秋诗卷
停在我哀伤的目光背后

写诗的我依然潸然
目光漂泊而又游移，停在诗中

1988 年

旧日昏黄

呼吸使我纯粹，心地透明
我在靠近平原的地方吹笛
和旧时的人一样
在风中务农，把谷子背回家

和旧时日落而息的人一样
我必须学会爱心、耐心，用心
在松子灯下梳理漫漫心绪
影子贴着窗纸走，母亲贴着记忆走

我旧时的情人，清澈、寂寞
在她的岸边，我长跪不醒
这是必须表白的怀念，长袖涟涟
这是我最初的诗句，空旷的诗句

灵魂洁白的羊群引导我

竹笛插在腰间，鸟羽别在领后

灵魂洁白的我背对高山流水，喃喃自语

像一棵自由生长的树

我像一棵远远生长的树

我抚摸过的风，无声，它更幽远

我的导师就在树下，树叶零落发际

我的导师盘坐，翻硕大无比的书

看上去，大地浩瀚而且忍耐

我孤立着，像一本更厚的书

1988 年 11 月

操琴水上

歌者如云，麇集在战乱的一六四一
一六四一年，我在曦晖中缓缓散步
阳光的结构就是玫瑰的结构
我这么想着，便来到玫瑰花开的季节

我宽大的长袍雅致、有趣，在许多书里
它都明净如水，和寂静并无不同
在寂静中垂坐，合目的我
手扶光阴四射的家具，竟也熠熠生辉

我在屋檐下展开诗卷，谛听
一六四一年的水滴石穿
我的影子和道路落满了旷古的灰尘
长云舒卷，偏向树冠盛大的平原

操琴水上，风中的翎毛簌簌飞来
我的寂寞在手指跳动，栩栩如生
偏向修持的内心
秋涛阵阵，漫卷不朽的诗篇

独处风中，横秋的画意
披拂着我洁白的衣褶，琴音丝丝相扣
在平原若即若离
琴剑书箱，挑明了我寂寞的道路

冻裂的大地偏向东南
我迎风而坐，独居西北

1988 年

日常生活

这些年以来 我一个人坐在屋子里
想些事
许多东西在松动
在煞有介事地变来变去 产生些风波
这都与我无关
寒暑易节 炉子里面的火生生灭灭
我因此受到了启发
多了一点忧郁
一点畏葸

这些年来 就这么活了下来
很容易
想起手指在寂寞中弯曲的情形
皮肤随着时光的推移
发出断裂的声音

也不过如此

这些年以来　有人来敲过门
有人在走廊里咳嗽　说着话走开
也有人进了屋子　参阅我珍藏的拓本
水一样的平静　毫无异常
我有空的时候便会停下来观察　聆听
在大多数时间里　我操持一些文字
饮用一些好水
对周围所有的变故视而不见

1988 年

一个人的酒吧

夜色像身体一样渐渐凉了

我在酒吧昏暗的灯光下坐了一会儿

要了一瓶酒一只酒杯

看着镜框里的凡·高听很深情的音乐

记起现在已经是美丽的五月，五月的风

贴在窗上的样子一定很好看

有部戏的女主角就是这样好看地

贴在男主角的肩上

说许多缠绵的话

或者默不作声，像我现在这样

抽烟喝酒再望望别处

多少年就这么无声无息地过去了

等到一切消失，亲爱的

也许只留下一个你

还贴在我的胸口

脆弱、缠绵，永远用微笑说话

等女服务员过来告诉我要关门了
我也不会再说什么
走出酒吧竖起衣领
像街上那些行色匆匆的陌生人那样
拐入某一个灰暗的街角
亲爱的，这里没有你的音乐
我就像一只努力振翅的工蜂，寻路返回
听你用最轻的声音唱歌。黑暗中
这么想着，我会突然别过头去
谁也没有看见

黑暗无边无际
亲爱的，我在想你

1988 年

简单的诗歌

今天多云，空气很硬
我裹紧大衣写完的这首诗
也像往常一样默默无声
它在桌上，我在床上。唯一的
区别就是一伸手的距离
一伸手
我们便合二为一了

我注意到下雪
已是很晚
晚景很容易就能触动缠绵人的心事
这么一想
胡须便长出来了
飘飘荡荡直到胸前
那里残留着我未完的诗作

我长大了，可以看清自己
用幅度偏小的动作去完成它们
道理就像完成自己的生命
虽然拘束却也简单

我选择了今晚
并没有多大含义。我斜躺着
是因为习惯这种姿势
我一生中的许多时间
就耗费在这上面
写诗或不写诗
都代表不了什么
就像站着
时间长了虽然寂寞
胡须也会像雪一样落下来，铮铮有声
这就代表季节过去了
河流朝我这边流来。这些河流
源自我的一些旧作
我浏览它们的时间不多
现在我站着

就听到了它们的声音，真切的声音
有些就来自我的本身
这一切都是真的，所以我一辈子
不准备否认

我站着，长时间保持缄默

1988 年

纸折的世界

我曾经想过

回到生活开始之前的年代

一些人靠在路边，一些人坐在门槛上

小声说话，呼吸模糊，远离生活

那些日子不是很真实

只是在我写某首诗的时候

偶尔出现一下。它的发生

就在今天上午

阳光透过你的指缝

流在我的脸上，声音清脆

我想没有比这再好的了

便盘腿坐下

看见你在院子里没动

衣服也没动，像我惯常描写的那样

打量我的建筑，纸折的建筑

我的花朵就在石头边上

我常为它的盛开悄悄感动

目光低垂，在睫毛上闪烁

现在我更加局促

想着你来之前的一些东西

破旧的东西

只要我握起枝节丛生的手杖

便会感到怀表

从我心口一直垂挂下来，有点沉重

每到一个不变的刻度

或钟点

我都会安全地坐在那块

粗糙的石头上

并且感觉到温暖

感觉到由此产生的细小的美

1988 年

人物

那些东西：美丽的世象

及其坚强的外表

都不是东西

只有脆弱的，或者花朵

或者更脆弱的泪水

才能拯救它们

人物在繁殖中繁衍

人和物，在暴力中堵塞世界

我看见大人物的心念一动

小人物的肉体

迅速化作废品

是谁在颁发武器？

阳光下，是谁正为美而战？

有一种人物就是这样：

为美而战，他们纯洁的天性就是武器

干干净净地活着，走在世上

沦为日渐悲痛的诗人

1989 年

桃之夭夭

如今，悲愤的人可以随我而来
步出丛林，就会被灵魂的火焰照亮
我信任所有苦难的人，封闭的眉宇
我也接受光辉灿烂的微笑

我接受还是回绝，希望还是悲哀
我沉默的时候你们不要作声
天空暗得很快，出去的路也就更长
让我点起灯盏带你们回家

亲人们，我把窗帘拉开了
便会望见你们在树下劳动
我要写诗就不能不面对你们
把雪一样的纸张铺得更平

现在已经熄灯，我被锁在黑暗里面
我听不见你们说话，乃至喘息
亲人们，我在猜想你们安详的睡姿
我不说什么，便会感到温暖的气息

我和衣而起，来到月光倾泻的庭院
我抵挡不住月光，就让身影再浓一些
那些脆弱的桃花，交叉在我胸前
我抵挡不住这样的桃花

如今，我已没有再多的心愿
许多扇门开了，亲人们悄然来到了我的身边

                                    1989 年

力怯的人

我是知命的
那些具体的飞行和走动
我已经看到
我将会看到

我是平等的
在世界之中呈现
自然地呈现出时间和顺序
是花朵有方向的呈现

我是有涵养的
紧闭的手会松开
紧闭的头发会打开
紧闭的我会走开

我是和谐的
灵魂和声音无所不在
它们聚散，为我微弱的替身
我是我替身的一种

我是有规定的
必须早出晚归
那偶遇的人和事
都等我已久

我是力怯的
避让中吸附了沉重的力量

1989 年 9 月

排箫之秋

一

比大地更真实的，这惊飞的树木
在崩溃。我泥土的肩胛，持金的鞍辔
在悲恸中吟唱：有风吹过，有鸟飞过
兽群奔过，我看见遍野的黄花次第开过

几朵闲云，一辆破败的马车
看我在旷远中疾驰，冷僻而深刻
荻花瑟瑟，这个潦草的秋天
一如我的跌坐，我听过无限的箫声

我的秋叶，让我听见了无限的箫声
悲切的言辞，足以散淡整个节气
大地深沉，在我的黑夜里轻轻浮动

大地开了，我目光如炬，白发似雪
被清净的缟素裹服，像一羽孤鹤
缓慢、迟疑，陷落于万物苍莽的心中

二

我的婴孩，我听见你安谧的金发
在幽深的丛林里倾心地啼哭。一朵罂粟
一个死去的人，我波涛的诗歌
披肩的爱情，为你供上水晶的托盘

一个死去的人，我在月光的丛林里
为你倾心地啼哭，形影相随的梦境
不知疲倦，像阴影渗进我们的肉体
像黑夜的占星术士，守护自己的天穹

我精致的辞章，向烈日朗诵
向血腥的午后，向每一个啼哭的婴孩
向他们的鸿蒙的心灵朗诵

我的排箫，在蓝天下独自排开雾障
赤身走出丛林，我看见那孤雁正独回
一个死去的人，一片罂粟

三

正如优越的权剑，这天庭的王者
万物之主，寒冷的体质
在人类的上空，被巨匠操持

诗歌的光芒，在人类的上空
在无声中电掣。黑暗中的铁
是被隔绝的铁，它沉沦、忧郁
那巨匠之手使它剧烈而照彻

太阳！我看见这冉冉的大冰
在飞行中燃烧。倾斜中移动的土地
我听见君临的权剑在飞行中蜂鸣
一如那展开于万仞之上，浩瀚而沉重的回声

浩歌中，排箫如雾，守护着苍生
我一路生辉，尾随那硕大无朋的雁群
像沉默的乐师，威严而仁慈

四

是谁？独居于空冥之外
让大地的宗嗣在时间中吹息、宾服
让人民阴影一般窒息，拥向大神的门户

我丘壑独存，握有至美的风骨
像一席振云的肃箫，扼制了黑暗
我轻倚初秋，唯日色正单
那长思、无言，正是我与山水的对应

临风而泣的人，在为谁歌哭？
为谁触及了八月的伤情
如濒危的黄昏，在长夜中失色
星子纷披着，在我的手掌上默默潜行

太阳，这高蹈天地的尊者
壮丽的容止，来自那遥迢的辞章
引我歌极而泣，泣极而歌

五

晶莹的人，他提步青云的一派风骨
像被苍穹击落，升腾间失去了两翼
寥廓中，我独营的匠心在风中飞灭
这排箫声中的一纸风鸢，今非昔比

我的亲人，你们的心灵正沉浸远方
巨大的黯淡在头顶轻唱：我的亲人
我望见了巨大的蓬荜在风雨中生辉
忘情的眉目，将花朵紧紧扣在心门

我的花朵，它怎样地来自我的内心
像虹的雨衣，像第一次细腻的绽放
像我铁石的锋芒，在梦中黯然消亡

幸福！我高枕至幻至美的火焰之上
像众水环伺中的国土，被无边锁住
无边说：现在，没人比你更加幸福

1989 年

古典十四行

幽美地眺望在你秋水的中央
眺望在麦田尽头。暖玉般的少女
亚细亚的少女天高云淡，既是长天的步履
也是我此生毫无缘由的幸福村庄

亚细亚，大梦吹息着留下废墟
花朵应景的芳名，在夕阳下迅速枯萎
而倾心的草甸，微澜的河水
与我并肩步入南方的那一阵细雨

今天，阳光生动而清晰
我腰挂着铃铛，种下你的名字
使你的命运无法从我的掌纹中分离

你是安居在我内心的秘密的林妖

在舞蹈中踩着我沉香般的呼吸

从爱情花园，抵达挂满露水的清早

1989 年

度过冬天

太阳当顶的冬天
我们谓之温暖
一条大街，就这么几个人
在阳光下轻轻晃动
沿着大街，我们可以
轻易地回到早年
早年，是我正吹动着口哨
和皮肤外面的空气
美丽地接触着，和芳香
和紧握光芒的手
美丽地接触着

这是冬天
这是我在微雪中启动双唇的日子
我启动双唇，雪片就溅到了

我的脸上和手上

这么多的尘埃，被阳光挡着
像时光被我的手挡着
在额头下什么也看不见
在额头下空余，明晃晃的大街
烟尘扫过，大街孤零零地
立着我的冬天
立着一个名叫天骄的陌生人

现在，我就和他对坐
看着他脆弱的呼吸散发着蓝光
他的头发自然而蓬松地
遮住了他的声音
就像梦境，遮住我空无一物的身体

"空中的土地和清闲的松鸡
啄食松子的松鸡，漫步树叶小径
饱满而油亮，好像阳光的香味。"
我构造了这些，然后谈论起这些

熄灭的目光也会有火焰闪动
熄灭的冬天
在温暖中一闪，又一闪
灵魂在升高，在天上独自舞蹈

冬天的午后，太阳当顶
多么温暖
这是多么温暖的日子
请和我一起走过去
长长地叹息、离开
请和我一起回来

2000 年 11 月

悲歌

遥远的马头琴，一个牧人死在那里：
苍鹰和细犬，在月亮的弯刀下凝注。

这是同一座墓碑，一个诗人死在这里：
疾风和劲草，埋没了秋后鲜艳的庄稼。

1989 年 12 月

夜晚的诗歌

一个亮如白昼的少年，翻过了山梁
月光的轻衣，遮在他皎洁的脸上

海浪袭袭，这是忧郁的海浪
这是少年初霁的爱情，爱上了少年

梦中的沙鸥飞着，梦中宁静的岛屿
竹笛和灯火一派空明，远离人类的想象

在希腊，一个少年翻过了山梁
手持爱情播下光辉的水分和空气

他亮如白昼的孤独和忧伤
无根的漂泊加入了山林幽远的合唱

神的儿子！伯罗奔尼撒半岛野风飞舞
从这里，死亡的歌队将被引向何方？

瘦弱的希腊在风中摇晃。在宁静的彼岸
少年暮色奔涌，被幸福的月光深深爱上

梦见他的希腊，黑暗中哭泣的希腊
这个沉痛的少年，眼中一片汪洋

1990 年 2 月

花岙岛 ①

我必须束手，面对一个方向，一座山
恭敬而大雅。这是我
寂静的方向。山中的松林之秋
已几经散淡，寂静
使我的力量现出层次

透明的石头，透明的坐姿使我
想到沧桑的老人，他是刀刻的
一生浩荡。在危机面前
他说："寂静——"便看见那山
他对山吐纳的力量，使鲲鹏赶上了天风
那天风拂动，深邃的、铅垂一般的
正是他曳地的玄色袖口

————————————

① 花岙岛，一小海岛，在浙江象山半岛南。旧属高塘，为海盗所占。去时
正逢春天，风过花摇，海天如碧。

42

我虎皮的王座，盘踞了山势
风尘中的侠客，我寂寞中的朋友
与山对饮。寥寥的笔意，剑气所及
已非寻常人物。我低眉、俯首
无由地来去，沉吟诗篇
那来去之间、沉吟之间，已非寻常人物

我一纸空文，与山对饮
寂静，这佳绝的童子
在松下侍坐
鹤唳之声
一如草木
经久不绝

1990 年春天

43

日记

今夜，六月及其巨大的风暴
在我心里安睡。稍现即逝的天空
被我一笔掠过，高持着悠扬的坠子
我听见憔悴的雨水为土地
披上雨衣，它泥泞而努力的
声音让我疼痛！让我一至于此

黑暗中的天鹅，也仿佛
寂静的中心，在大地上泛起
暗中的闪电在努力
今夜，万物皎洁而脆弱
多像我无辜的青春，在衰败中
在落英的红色翅膀下苦苦支撑

现在门窗幽闭，夜空灿烂而孤立

像一只天鹅在孤立

它被内心的闪电所击伤

在我六月的风暴里安睡

——要怎样回答秘密的天空！

是谁在梦中，抵住了叫喊的雨水

1990 年 6 月

最后的玫瑰

有人在倾听，有人看见了秘密的坂坡
和草舍。三四碗清酒，以及
越来越纤细的病雪……
在路上，秋天的行色向东吹着
越来越纤细的人垂堂而坐
袖中拢着病雪

红缨子和穗子，也就是秋天
不是寂寞的挽歌，挽不住柔情低挂的河水

一生平安的姊妹，抄水的雨燕
在秘密的坂坡上三越三落
她们披拂的爱情，点滴的姿容
如此轻易地滑过清晨

最后的玫瑰，后花园里日渐消瘦的佳客
在秋风中变冷

秋风啊秋风，长空在长空下歌唱
草民在草舍外饮酒。他问："最后的玫瑰
全人类的好女子，是否已憔悴太久？"

1990 年 11 月

时间所赋予我的，我又还给了时间

我魂不守舍，如湛蓝的屋宇
在白云的厚掌下翻飞
像落花的七种颜色，被流水带走
既不坚持，也不放弃

作为回忆，我提着满身的尘土
在萤光下，在浩荡的长虹跟前
低回，哀伤地舞蹈
在浩荡的夜色下久久注视

那些过于神伤的儿童
因为早慧，而看到过什么
一只昆虫死于爱情
它披坚执锐，成为春天里唯一的英雄

而另一些老迈的肉体已经静止
被正在消退的事物所折磨
这是命：时间所赋予我的
我又还给了时间

1991 年

幻象

三十年

南方的血充盈大地

用于滋润、磨炼与安慰

年轻的火苗簇拥，满腔寂静地

滚过乌黑明亮的镇子

像秘密的泥炭

在内部的海洋里孕育而成

只有末世论者才会挂着满身的铜铃

为众人打开世象的图册

他会为冥想而放慢呼吸

守着高高的山冈

他也会孤身朗诵

被世俗最后的景象牢牢铭记

三十年了

这理想的羽毛

幻觉中的美总使我们挥之不去

卷入晨曦,独对苍穹

再短暂的辉煌也照样度过

不流一颗泪滴

大道如雪

为何还没有出现?

那出现在眼眶尽头的孤独彩虹

1992 年 5 月

有时候我过多地依赖宁静

有时候我过多地依赖宁静

依赖茶具和淡水

它们各自黯淡陈腐的光

绕膝而坐又随意散开

全凭我的一个眼神

一句似是而非的话语

我不忍在这个世界面前发出异响

甚至一个细微的举动

它就像我曾经面对过的少女：

美丽、敏感，但又脆弱

随时可能闻风而逃

夏天

我学会了几种玩牌与洗牌的方式

我的牌友都是真诚和努力的

审慎于每一场牌局

但也淡漠输赢

有着国人特有的善良与矜持

我们在很多地方都保持着一致：

小心翼翼地开局

适可而止地收牌

礼貌地握手、告辞

相约翌日的持续

这时往往华灯初歇，夜气上浮

一天中真正的凉意刚刚开始

我一袭轻衣，送朋友们出门

我看见天空灿烂的脸

深埋在一万光年的尽头；

我也看见星光陨落

遥隔着黑暗与我一擦而过；

习习的风神在北方的海上

时而高昂，时而缄默

我合上门扉

想象着自己和这个夏天的僵持

不意之中顿生了消磨它的力量和勇气

我不会忘记

是苍生在大地上的闪光

削弱了我对世间万物的凝注和描摹的笔力

此刻，一部分人在衰微中死去

灵魂平安地挂满一路归去的枫树

一部分人业已长成

行色恍惚地杂处于彼此幽暗的城府

此刻，我的寂寞照耀

发觉自己身心无不轻盈

渐渐有了那种类似夏天的松弛和单薄

夏天了，朋友们散在远方

或出入广厦，或枯坐陋室

操持着各自的事务和文字

他们有着与生俱来的勤勉

不会放过一次幻影般的机会

我想起过去的好时光

那些酒约黄昏的日子，清贫的日子

飘忽来去的朋友们聚在一处

随意而安详地交谈

我记得那仿佛也是夏天

零乱的酒瓶和书籍散了一地

不知是谁先哼起那段熟悉的歌谣

星空就暗了下来

我记得那确乎是一个夏天

朋友们虽然疲惫但却快乐

现在也是夏天

回忆让我不堪

更加深了我莫名的倦意

我是说夏天了

朋友们可以各自安歇

也可以聚在一处

悲伤的日子不会再来

我绕过积水纵横的街衢

避免直视那些手执蒲扇闲坐纳凉的人们

余光所及，我发现他们彼此谈论着一些幸福古老的话题

没有人注意我留在这个夏季的最后的行藏

1992 年 7 月

世俗情感

一

从锡安回到上海
从夜晚的山巅回到
寂寞无助的海上，我像一块
摇晃的舢板，在月光下
过于长久，过于宁静，过于疲惫
像一面幽蓝的镜子，缓缓移动
像内心深处的旷野
平白无故
暴雨掠过疾草
今夜，暴雨是多么无辜
刹那间不知去向

今天，我头顶上海

在孤苦的楼层间奔走如飞
举着风烛残年的世上
这唯一的
灯

无数支的焰火
使黯淡的天宇
格外妖媚。犹如世俗的花瓣
被婉转地吹落
完整地倾覆在
那个名叫悲伤的巨人脚下

二

一九九二年，我在上海
在悲怆的乌云下工作
乌云汹涌，又四散奔逃
像骨鲠在喉的千万辆车子
把我丢弃在
坚硬而复杂的路上

一九九二年，猩红的瓦砾
在正午堆积。我躲着人流
我看见日光深处的猛犸
沙岗和苦役
被大地处罚
又被大地深深挽救

一九九二年，我——
一个盲目的、心灵蒙垢的人
披着宽大的黑色号衣
承受苦役和疾病
隔着生铁的栅栏
我看见上海，这个腼腹的豪客
对我好奇而陌生

三

旧世界的枷锁
它的绝世风流
纵容了一个年轻的诗人

身处逆境
用满腔的疲倦
启动自己乏善可陈的韵脚

一个年轻的诗人
用轮椅支持着滚过市场
那肮脏泥泞的中心
像瞬间闪灭的
不置可否的盲乐师
高声吟诵，却又语不成句
他内心的竖琴
孤立无援的长叹
沦为命运之一种
古老谜语之一种

我看见他一脸的泪雨
已成为新世界油头粉面的笑柄

如果此刻，我置身局外
拊掌、吃素
是谁在局内

击节而歌，放声悲哭？

四

在月明之夜
我乘上了开往隧道的空荡荡的车子
三两个闲散的文人
在可疑的街灯下扪虱而谈
我或是张望，或是闭目以待
车厢惨叫着，飞奔着，载着我
漫无目的的一个人
来到了未名之地

在月明之夜
痛哭的还在痛哭
昏睡的依然昏睡
我怀揣着惊魂甫定的毒药
像凄凉的夜空那样
沉迷其中，又无依无靠
我看见自己

正在暗红色的泥土中跋涉
"隧道啊，它剧烈地
晃动在通往末日的铁轨之上。"
而所有这一切
只有在月明之夜
我才能穿透世界纷繁的回廊
浇淋双足
在幕后远远地望见

五

请在沉睡者中把我唤醒
请把那一层行将熄灭的夕光
从我的眼睑上揭开
赤着脚穿过
粉红透亮的葡萄园
赤着脚
迎接黎明的破门而入

高耸的砖墙

垒起我唯一的奔往金顶的通道
高耸的人
颀长的身影已覆盖山巅
像煞白的雪
从清晨，一直渗入微凉的舌尖
我双膝跪地
和所有的人一样
漫游在世界的风雨之外

我攀上憔悴的窗棂
和所有的人一样——耗尽此生
是如此固执而守信

1992 年

京城里的十二个诗人和我

今天晚上，飞雪笼罩了京城

房内，十二个琴瑟呜咽的诗人

正煮酒取暖

他们对陈年往事的眷恋

和身后的挂毯一样

属于事物中正在消亡的部分

今天晚上，我在南方的海滨

高声朗诵他们的诗篇

走尽这无人的黑夜

直至泪尽神伤

京城里的十二个诗人

像十二只孤零零的天鹅

在祖国的各个角落

在汹涌的人流里低垂下翅膀

不飞不鸣。我有幸聆听！

有幸在空旷的高原之上

将这十二首辉煌的诗篇一一念完！

今天晚上，忧伤的种子流落民间

在大地上盲目地漂泊

而我侧着身子

途经飞雪笼罩的京城

房内，炭火渐渐熄灭

十二个诗人拥着各自的诗篇

已经昏迷。这是他们最后的燃料

我侧着身子

我看见无数随遇而安的人

路过他们的房间，又

远远地走开，嘴里说：

"看哪！这些愚蠢的死者

这些新时代的叛徒，已经晕眩

没有他们，我们同样活得很好！"

1993 年 3 月

美丽的事物都属于过去

透过窗棂我可以看到

那些属于过去的事物

一格一格地闪现，然后湮灭

那些镂金的心灵

雕栏的爱情

今天我在它们的遗香中

看到了旧时代的风流韵事

看到慵懒的阳光摊开在

积满灰尘的桌上

是不是美丽的事物

都属于过去？

今天清晨，我在日常生活之中

绕过了幸福的铜镜

看见它的反面，那难以叙及的隐痛
就像你一直背对着我的脸
美丽、忧伤，讳莫如深
就像那些过去的事物
从我身边，被时光轻易地带走
成为温暖记忆的一部分
变得若明若暗，不再真实

黑暗靠在我的额头
黑暗的石头沉入水底
黑暗中，水纹是如此安静啊
是你精致的手工
在我的梦中缓缓漾开

是不是美丽的事物
都属于过去？
当我被苍茫收拢
身上盖着新鲜的苔衣
我会和那些
属于过去的事物聚首

我会看到我的美丽心事

就像慵懒的阳光

摊开在

积满灰尘的桌上

1993 年

梦寐时代的少年

我的童年，梦寐的人间
孤独的脚踵迈不出猩红色家园
冷月孤心
一万里江南莺飞草长
只剩一个少年

海天如壁
从婉转到婉转
唱着铜躯铁干的秋天

我的童年
在高旷的秋天下长眠
心里的小小墓碑
枫叶般感动、迟缓
翻动时会有阳光的巨澜

梦寐时代的少年

没有尽头的少年，和道路为伴

他腰间的布袋

草扎的长鞭

独自走出了猩红色家园

涂炭啊涂炭

只剩一个少年

1993 年

在世界熄灭之前

一

海水，翻过喷薄的浪尖
骑着那一轮红日
周身是空虚的泡沫

羽翼宽展的信天翁
在狭长的黑云之下心灵同样空虚
同样无所适从
这群孤僻的流浪者
多像空中轻浮的一层雨意
从此迷失
从此无依无靠

二

它们心事重重，恐惧多于忧伤

在礁石间站立

满腹狐疑地守望

远离蓬勃的堤岸

它们用于挥霍的青春已经不多

只有在幽蓝中飞行

才能恢复疲惫的激情

"噩梦中一切都已改变。"

它们说。它们睡眠的姿态

在隆冬之末一擦而过

像刺耳的钢片

在镜面上缓缓移动

在镜面上映出寒霜

三

我的生活长篇累牍，不无困扰

犹如林中的鹳鸟

饮水、梳羽，在泥泞之间捕食

你不能说这不是生活

你不能梦想着背叛肉体，远走高飞

天空在我生前拉长过它无比幽蓝的调子

等我们老了，等我们所剩无几

像一个等待天赐的愚夫

耗尽激情，唯有渴求

我们永远都是这样：

怀揣金币扑倒在尘土飞扬的市场

你不能说这不是生活

你不能梦想背叛肉体，远走高飞

趁我们全都尸骨未寒

四

掘地三尺，我能看到一个老人

在地下挥舞着双手

我能看见他无牵无挂

同样心灵空虚

这个一度寂寞的飞行者

让泥土堆满天空，涌进

我漆黑的屋宇

五

穿过空阔的人间废墟

我们携带着火焰和灵魂

在世界熄灭之前，骑着那一轮红日

做最后的攀升

1999 年 2 月

希伯来神话

戈壁在天空下晃动
淡蓝色的暮气中
一个老人披着头巾
慢慢抬起手掌，说：
"上天降下惩罚！"

守着亚洲母亲巨大的灵柩
憔悴的人们垂下了双手，看哪！
金黄的粮食正在天边噼啪燃烧

满城的粮食散发着怵目的火光
这是我的石头城
满城的婴儿无一幸免
一个圣人匍匐在地
抓着泥土说：

"这是一座恐怖的城！"

憔悴的人们托着包袱
泪流满面告别家园
马鞍上的圣人扯下红布
裹住头颅，面对滚滚洪流
吹响了激越的呼哨

我系着羊皮口袋
在中流站住
那滔天炽浪倒映我的心灵
扶我在苍茫中
大醉而归

1996 年 3 月

75

一生用尽

亲爱的，到了今天
我一生的语言都已用尽
我一生的力气都已耗尽
许多年过去，阳光明媚
睡在树上的轻风被鸟衔走
像你有时孩子般的哭泣
美得无法描述
美得震撼世俗
让我心痛，以至于手足无措

许多年过去了
你已从一个傻傻的小女孩长大
直到某一天你像一扇细密的门
轻手轻脚地把我关在
你成熟的气息里

我都是那么驯顺

把男子汉的面罩

全部扯掉，任朋友们耻笑

也满不在乎

又无赖，又幸福

这是多美的时光

我们像两个无忧无虑的孩子

在透明的空气中奔跑

我听你唱歌，全神贯注

就像整个世界都在听你唱歌

那是多么忧伤的歌

那天是我的生日，你看着我

喝完了所有的酒

我记得那天

你用你柔弱的臂膀搀扶我回家

你说回家吧

让我们这就回家

今夜，我也在喝酒

昏暗的灯光下，门窗紧闭
你知道，我的世界除了你没有别的
我的肩膀除了你没有别的
今夜，我就这样守着自己
今夜，爱情是唯一的、最后的声音

一旦黑暗来临
亲爱的，我又想到了你
多少个夜晚我们彼此相拥
有你在，我不再为死亡而忧郁
有你在，亲爱的
黑夜不值得惧怕
黑夜变得熠熠发光

有时候，我是虚弱的
我只会静静地用沉默抵挡一阵
对着黑暗我已无法再说什么
就像这四面楚歌的墙壁
不得不承受我多余的生活

许多年过去了，亲爱的
我们的日子交叉在一起
难舍难分。这是生命相随的青春
这是无法摧毁的宿命
就在未来，就在某一个随意的时刻
我会突然沉默
低头窥见你遗留在心中的阴影

到了今天，亲爱的
面对着墙壁我在给你读诗
读着读着，很多年就这么过去了
不管你是否听见
不管你要不要听
亲爱的，现在你看
我的眼中早已充满了泪水

1996 年 7 月

远

比远方更远的远
我的手无力地指着你在的那个远方
"脚也走不到啊眼也望不到"
几朵闲云飘散眼前
平原宽广地在秋风中招展
绚烂的黄昏
把我的额头倒映在远方的天空下

残酷的远
美丽的远
忧伤而又甜蜜的远
我的手无力地指着你在的那个远方
"脚也走不到啊眼也望不到"
一道彩虹伫立眼前

这么悠久的远

疲惫的远

让我生恨的远

我的手低垂下来

我眼望心口

无数鸿雁从远方归来

无数鸿雁收拢翅膀

缓缓地，降落在我眼前

1998 年 6 月

一九九九年，我的个人生活

"三十年转瞬即逝。"
有人行将就木，有人依然健谈
而我却躲在高高的阳台上
手扶着藤椅
"三十年转瞬即逝。"
我这样木讷地想着
流云从楼房背后一直飘向
天空的另一端
在夕阳中化成了灰烬
我注视着它们，不知所措
整整一个傍晚，我泪如泉涌

现在已是一九九九年夏天
我被这样一种幻美的景象所蒙蔽
如同那些伟大的时日

满心幸福，却无从回忆

风在我的额头稍做停留

又旋即飞去

我在树叶间看见了它们

像一群跳舞的孩子，要和我搭话

而我，除了眼前灰暗的房顶

和远在天边的闪光的石头

已对以往一无所知

1999 年

像玫瑰一样生活

月光的单衣，月光被你踩碎的
声音，正如你细腻的手镯
带着水果香味
在那山顶，是怎样地在和我说？

而流星的手扶着夜空
就像你的睡眠，生起融融炉火
在眼里，我看见了你剔透的梦境
我也看见，秋天的泪水将会挂满我的山坡

泪水在空气中，是你的呼吸
扇动翅膀，甚至比泪水更脆弱
你的声音，离我的这首诗如此近啊
你的声音能否来我的诗里小坐？

我的提琴比月光安静

比玫瑰更接近美，接近你的生活

月光闪动着你的发夹，明媚、别致

别住了我醉意环伺的小小的国

1999 年 3 月

今年春天的美

天空湛蓝，动得很慢
整个春天动得很慢
这样的美不是每一个
生活在幸福岁月里的人都能懂得
这样的美是你踮着脚尖
绕过我的后背
翻阅我写给你的诗篇
或者微笑，或者
默默留下不经意的泪水

我不是一个把话说得
可以让听者动容的人
这些年来，我只是守着黑夜
看星辰在高旷的窗外缠斗
在我的心灵投下阴影

白天，我在人群中又冷又累

每当夜色降临

我趴在满桌的白纸上

词不达意，欲说还休

今年的春天别样清晰

我心柔似水，穿过植物和香味

它们一直被你悄悄爱着

像看不见的首饰，戴在身上

亲爱的，我在春天里

见到了树枝难以隐蔽的喜悦

我在春天里

见到了鸟儿们正升入天堂

我真的感谢它们，把我想说的话

念给你听，而你目光专注

听得竟是那样入神

1999 年 3 月

在打浦路上等波子

我站在雨后，湿漉漉的
在路边洁净的店牌下
我看见的黄昏有些凄美
并且异常明亮
我看见的人们出入于
玲珑剔透的旋转门
脸上写满了甜蜜
我湿漉漉的，我拿着雨具
裤管卷上膝盖，顾盼卷上眉宇
我狼狈不堪地等着你
突然出现

之前的日子和流逝有关
我仓促地工作，低下头点烟
每天每夜，平静就像爬山虎

从窗台伸进我的居室
探索我空无一物的生活

你伸出掌心，很近地说话
看着我不知所措的样子发笑
又调皮，又善意
那天，我想到了无数的话题
其中一个是关于幸福

我在雨后的打浦路想着幸福
这是我生活中的最温暖的部分
没有人知道

其实那天，我丢失了雨具
在打浦路上魂不守舍
低垂的头就这么看见了
水中倒映的你

1999 年 4 月

蓝

花香小径上的步履
树叶的气息散了，像我的呼吸
今晨，阳光在淡水中
慢慢浸透，变成我生活里的蓝
那是你的蓝，明媚但不优柔
叮叮咚咚，连明天的日子
也听得到

明天的日子，玻璃一样
那种凉，剔透，从早晨直到
我心里的花香小径
没有散过

我的青春和爱情相仿
它们和你结伴，蓝布的轻衣

在淡水中浸透
你如此从容的声音

炉火升起来了，一片雪
那是我的雪，挂在你的唇边
每当冬天来临，都会有
这样的边缘时刻
叮叮咚咚
被你清脆的脚步声吵醒

你的蓝，悠久的蓝
和天空相仿，它们围着飞鸟
在很高的地方起舞
有人看到我，有人在我的泪水里
看到我葬在你的蓝里

1999 年 7 月

一天

很淡的脸，被阳光遮着

我坐着没劲

就去父亲那里做客

父亲的客人越来越少

水果却越削越多

手势笨拙，看得出悲伤痕迹

往年可不是这样

往年我有些少年孤独

站在街头百无聊赖

这样想着天气越来越阴沉

很像出租车司机的脸

他佝着背，看得出悲伤痕迹

雨水被车轮溅飞

打在一对情侣的脚背

提着公文包的人们无处掩身

凉风说起就起

这一幕偏偏让我念及

我小时候睡过的床

现在正包着牛皮纸

被父亲小心叠放在壁橱里

做客的心情就是这样

时好时坏

我默默盯在地上

向一个影子狭长的男人讨烟

并且交流

对雨天的看法

1999 年 7 月

注：居家在外，有时会想到父亲。他不说话，却一辈子替我担着心，甚至会因为我迁居得离他太远而背着我默默流泪。说实话，我和他没什么交流，他来看我，也只是替我整理打扫完家里后不声不响地关上门离开，而那时我往往还捂着被子呼呼大睡。醒来发现干干净净的居室，我才知道他已来过并且走了。虽然少有机会去看他，去了也和他相对无语，但我知道，他可以看出我心中的悲伤。

温泉旅馆

圆木的香气

在积雪中上升

它们有时会惊扰到我

有时竟连阳光

都飞溅不起

我在梦境中行走

在嘎吱嘎吱的积雪中

跟着你，快乐得近乎忧伤

我的爱人，跟着你

是那么容易

快乐，是那么容易

参天的圆木

它们的香气打乱了雁阵

空气稀薄，罩住高高的雪岭
这一切，多像
多像我留在温泉旅馆的素描
最真实的，就这几笔
当我把手轻轻移开
你就栩栩如生地留下了
后面的参天圆木
再后面是高高的雪岭

我在嘎吱嘎吱的积雪中行走
头顶正有雁阵南回
那白色，浩瀚而沉寂
它们有时会刺痛我的眼睛
有时竟连阳光
都飞溅不起
阳光是凝固的，并不真实
我站在那里
我看着，不知所措

你看我梦境中的

这个样子

笨拙得近乎无辜

你迟疑着

不忍把我惊醒

2000 年 3 月 17 日

玉龙雪山，酒吧之夜

风声披着风衣

和我一擦而过

它插在衣袋里的手

隐忍、有力

随时可以抽出，把我击倒

和我一样

作为两名过客

我们在玉龙雪山的山脚

隔着酒吧的玻璃

相遇、点头

对完暗号又匆忙散开

风的背后，雪山不动

雪山巨大的阴影

古老、残酷

被挡在门外，离我数米

它静伺着

有着可怕的耐心

今夜的玉龙雪山有些孤高

和我一样：恍惚、健忘

我不说什么

周围的若干动静

就必"虚"无疑

我们在一起

喝茶，坐下或站起

却彼此视而不见

保持着

恰如其分的距离

今夜的玉龙雪山有些厌倦

我可以察觉出

它在风中苍白的头颅

和我，和虚无之神

遥遥对峙着

2000 年 4 月 5 日

天堂
——一位遭遇车祸的孩子

天空翻转,睁开我的眼睛

多么美,天堂多么美

彩虹闪闪发亮

天堂闪闪发亮

我的世界啊

我还来不及爱你

我的世界啊,一晃而过

像我在梦中的树林里飞奔,一晃而过

我只是跌了一跤

醒来时世界已离我远去

我的生命像青草一样无辜

死神来了,我无从躲闪

天堂来了,我无从躲闪

这是我的一个梦吗?

每一次，只要我从噩梦中

哭叫着惊醒，就能看见阳光

阳光像妈妈温柔的手指

擦去我的泪水

现在，多想，我多想再一次

在它的怀抱中哭叫："我梦见那死神！"

世界啊！我的世界是那么快地

在我眼前突然消失

我只是跌了一跤

醒来时世界已离我远去

天空翻转，睁开我的眼睛

多么美，天堂多么美

彩虹来了，彩虹闪闪发亮

天堂来了，天堂闪闪发亮

这是天堂

天堂里，我孤零零的

我害怕

2000 年 5 月

断章

天上的雨水充沛
远处的木头葱翠
我在大地上生生死死
谁来给我安慰？

2000 年 7 月

物语

湖水西斜，清凉如冰
在鲜花的默许下
在点滴的碎语中
美是及时的
你是及时的

眼神里的精灵
被影子反光
它同时看见我们两个
它同时被我们宁静的努力
悄悄摄住，无法动弹

为何东南一带
宁静总在夕照里清凉如冰？
像溶化着的蜜

缓慢，欲言又止
像草根在地衣下挣扎
它宁静的努力
会是怎样的一种幸福？

幸福，这热烈的名词
有时来得清凉如冰
这和气节无关
在东南一带
风是悬着的
水是站着的

如此美丽的示意
于心不忍，安心不下

现在，谁是有力的？
可以握住世上所有的小径
任由它们从脚下
四面散开，同时
涌向空中的玫瑰花园

2000 年 8 月 8 日

久久

所有的女子都在歌唱

在远方，在雨水下梳妆

她们美而悠久

皮肤闪闪发亮

我背对着门窗

在这里，黑夜巨大

只剩我一个，守着高高的山冈

在这里，诗中只剩我一个

提着星光，绕过冥想

把黑夜的风灯

挂在日渐透风的胸膛

久久地

风过山冈

梦醒时分，已是他乡

就请诗歌把泪水留下

就请泪水把盐留下

这易碎的盐，被黑夜擦伤

在远方

我能看到的女子

易碎的女子在月下梳妆

在月下，指尖的水滴

腰间的水草和镜中的花香

一起合拢在我耳旁

唯美的脸，就该放在脸上

悲悯的心，就该放在心上

这风一旦漫起

黯淡就不知该如何吹响

久久地

花季尚未花开

暮色就已卷入眼眶

2000 年 8 月 9 日

八月：梦见梦想

经过水边时

有鸟惊飞

它们晶莹的翅膀，灵魂闪烁

像寂静的氧气

无所不在，悄然合围

从此，不会把我轻易放过

这个夏天，太阳当顶

下面是我和八月

再下面是幸福

天空倒挂，湖水盛大

太阳柔情的芒刺

在我心里刻字

究竟是什么

在我心里死去

重又复活？

我梦见了梦想

温习着梦想

一遍又一遍，泪流满面

这梦想跪向远方，说：

"活过，爱过，死过，一去不回头！"

这梦想激越翻腾

从此，不会把我轻易放过

寂静中

氧气散尽，抽空生命

我梦见了梦想

跪向远方

这梦想抱着我，说：

"你从哪里醒来

必将在哪里永远睡去。"

2000 年 8 月 12 日

大平原的心脏

我倒在远方
在大平原的心脏
一切都是大而脆弱的

大而脆弱的白云
盖在我身上
盖在羊群身上

大而脆弱的山梁
昨夜，我从那里下来
像个无知少年
追赶天空
我从那里带来马匹、火炬和干粮
雁阵南回
在空中热泪盈眶

莫非天空也是大而脆弱？

只有大平原

和我相依相亲

只有大平原

抱住我，遮住我

死亡的模样

我倒在远方

看到大平原的心脏

其实是无数高贵的心脏所组成

我看到地下的城市

被寂静的火光照亮

那声音催促：

"去，成为他们中的一个！"

去成为大地的灵魂

而不是诗人

在大平原的心脏

我背朝天空——它的影子大而脆弱

多像命运中的某一个

我只有大平原

我只有大平原在时间内部

那永恒的光

抱住我，遮住我

死亡的模样

2000 年 9 月 5 日

一个人老了

这个老人，在他和自然之间，已没有秘密。

——梭罗《瓦尔登湖》

我听到大雪的声音

远方的大雪

无牵无挂的大雪

在我的梦中飞溅

这寂静的飞溅

学会在默诵中

打湿温暖的瓦尔登湖

寂静，这浩荡的声音

像落日在虚空中濒临静止

落日的胸怀浩荡

无处归依的荣耀

使大地变得柔软

一个人老了
有着大雪的魂魄：
苍凉、细致，无处不在
像光芒在沉浸中
收拢翅膀
像林中的诗
向大地倾诉

这个老人
在他和自然之间
已没有秘密
我梦见这个最终的诗人
雪藏了言辞
他在时间之外
谛视万物的花冠
从盛开到枯萎
谛听万人万语
在情爱里辗转

潜移默化，呵气如兰
被流水纷纷带走
那该有多美丽
那该有多忧伤

一个人老了
光线穿透往事
在他和诗歌之间
已没有秘密

2000 年 9 月 17 日

献给黑夜的情诗

我的黑夜如磐

我所能想象的黑夜

又瘦又小，不会轻易哭泣

今夜，它们在山上纷纷破碎

今夜，它们是幸福的

被我紧紧地抱住

被我在梦中重复千遍

这是谁的黑夜？

孤零零地挂在山冈

像秋天平展展地挂在云端

这究竟是谁的幸福？

被谁，被谁紧紧地抱住？

就像你看到的

今夜，月亮在苦想

月亮又瘦又小

在天空的空虚怀抱中

像刀痕

为什么我看见了这刀痕？

天空，我的空房子

堆满黄土、流沙和冰块

我只在那里久坐

我孤掌独鸣、孤雁独飞

牵着黑夜的诗

那诗中的雨水从远方赶来

多么明亮！

就像你看到的

它搀扶着我，默默安慰

水生诗，诗生一切

今夜我因它而存在

今夜我因它而永远消失

2000 年 11 月 9 日

雪

我有一万个灵魂
说话的只是其中一个
其余全部沉默

冬天盛大，从梦境中醒来
我有一万个梦境
梦到雪的只是其中一个
其余全部沉默

我把广场放在北方
我把大雪放在北方
我许下一个日子
把大雪放到了广场
我所许下的大雪因为清澈而美
无边无际

像你的清澈而美

我也把自己放到了雪中

我驱动所有的光明

最早赶来的却是——雪

雪使光明铺满世界

一万粒雪

代表一万个灵魂

落入我心口的只是其中一个

其余全部沉默

2000 年 11 月

平安夜

天空倾斜，沙石赤裸

忧郁的人无处依靠

他们的体力只够维持

仓皇奔忙的一生

他们的体力

在倾斜的天空下

扭曲，挣扎在如此粗粝的沙地上

背负少数的粮食

谁引导我们从粗粝的沙地

走向灵魂的谷仓？

谁的诞生

像光华四射的粮食？

神的巨手

把我们轻轻安放在深夜

钟声脆弱，人声催促

请从异乡回来，在这家园

分食烛光下的糕饼

请在平安之夜

扶着我们

赐给我们平安

2000 年 12 月 24 日

哀伤的铜管

这根铜管捏在手上
像离得很近的哀伤

我能从容把持一只手
从阳光下退出
阳光离我很近
哗哗地下着

黄金的铜管
稳定、嘶哑，是阴影的一半
捏在手上

是阴影的合唱
宽阔笔直
看不见一棵树

我能从容把持一只手

这只手摊开着

像离得很近的哀伤

2001 年 1 月 4 日

去国

草莽起伏，黑云压低
去国的书生，憔悴的丝帕
年代不明的水锈和木头
在故国的风沙里
渐行渐远
是谁在镜中掩面？
袖中拢着至深的厌倦
像封存的绝笔
转身，叹息
覆手之间安顿了身世

故国在风沙中渐行渐远
书生们手扶斗笠
像黑云把世界压低
像哀伤把眼神压低

一地的琴剑书箱

一地的良辰和美眷

落日下，无缘无故的碎纸

年代不明，似是而非

看不尽的车辇

在旷野上风尘滚滚

去意已决

是谁在镜中掩面？

斜雨中的故国

旧花园的流水落花

在不远的身后

被时光紧紧关闭

2001 年 1 月 25 日

钉子

一颗钉子
从手中拔出

这是他的手
清晰、疏懒
我在身临其境的五个细节中
看见了他
把一颗钉子
从手中拔出

我孤零零地
在一张纸上
看见他的房间
被印加的阳光缓缓穿透
阳光下的这颗钉子

黯淡、湮灭
他躺着，孤零零的
身上鲜花怒放

远处，车来车往
他穿过了无面目的人群
跳上一辆灰色公交车
经过几个街区又接着跳下

他 T 恤反穿，上面印着
一个忧郁的战士
像个城市游击队员
低头点烟，压住帽檐
转身消失在幽深的巷口

最后
我在身临其境的五个细节中
看见了城市辉煌的爆炸
窗外，城市像奔突的兽群
惊魂甫定，远眺身后的大火

我又看见，一滴血水
跳上我的桌面
在纸上缓缓滚动

对，就是这颗钉子
他站在我的对面
他孤零零地
说

2001 年 3 月 8 日

拐弯，再拐弯

他们的影子贴着墙面
在座钟前——晃过
他们有五个
去年两个
今年三个

你曳着长裙
走下楼梯
拐弯，再拐弯
最后一个弯道的木板突然空了

我在楼梯的角上
远远坐着
我在吸烟，望别的什么
或干别的什么

我的背部死死地顶着墙壁

去年我们不是这样
去年我躺在床上
手指着座钟
座钟飞快
去年
我们愣了一年

他们的影子飞快
关于这个
我不能告诉你
他们有五个
今年还剩三个

拐弯，再拐弯
今年你只能走到这儿
中间有块木板突然空了
我远远坐着
望着你

亲爱的

他们来了

可我

依然手无寸铁

2001 年 3 月 13 日

夏天的梦境

遍地黄花

黄花采用最激烈的措辞

让我记住了夏天的

蛮横和不顾一切

它铺天盖地的白光

在蒸腾的水汽中

显得虚假

你在梦境里

在七月的山阴

看见我在遍地黄花之上

披着黑衣缓缓飞行

时而高昂，时而低沉

太阳直接打在地上

铺天盖地

使我看上去

并不真实，更像一粒纤尘

我记住这个夏天

是出于一次浩大的梦境

你在梦境里

在七月的山阴独自起舞

风中黄花

风中的山阴

仿佛哀伤的雁群

漫山遍野，缓缓起舞

树叶在飒飒地落下

无数的白光落下

无数的白光打在地上

把我久久地钉死在

红尘遮蔽的街头

2001 年 6 月 27 日

斜雨

斜雨总使我们远离现在

一盅酒，一叶芭蕉

一扇轻晃的纸窗

这些哀伤的细枝末节

很轻易地被纵容，被放慢节奏

丝帕上，它们长满了

密密的绒毛

在一首晚唐的诗中变轻

憔悴的是手指，也是大风吹过

我在其中沉湎辗转

几千里舟车

爱到老死

驻足、探身

我接住了内心的水滴

它在那里响动，并且穿透

晚唐已经很晚

看得出七种姿色

在日光下幻变，越来越洗练

深秋的香气尚在

裹着光滑的布匹

深秋的日子细致绵长

斜雨总使我们远离现在

靠近更远的事物

那时候得道的人纷纷变轻

被词语吹散，或者挽留

我在其中沉湎辗转

几千里舟车

不会轻言死去

2001 年 8 月

一九七四

是秘密的水，进入了稻谷

那些无忧无虑的水，踮着脚尖

在瓦片上跳舞

我趴在后窗台上

我要和它们好好说话

我要穿越恐惧

像雨水穿越宽广的大街

像时间穿越一九七四年

那一年的秋风齐齐地吹过我的头发

那一年的雨水种在后房顶

现在它们不再嘈杂

我可以和它们好好说话

这世界明天就要消失

这世界透明，骑在太阳的头顶

我看见它扇动巨大的翅膀

在一九七四年的天空慢慢飞过

我们说过话

那一年，我同时看见了雨水和死亡

手牵手站在后房顶

我一动不动

我趴在后窗台上

整整一个下午

世界是安静的，我在和它们好好说话

2001 年 10 月 30 日

下沉

我们乘着纸船去航行
天黑了也不想说话
上边幽蓝
下边平坦
宁静的水面宽阔笔直

如果说空气是可以低垂的
如果说静止是可以忍住的

你说
天亮的地方远吗
有什么溅到了身上，我看不见
只有一滴，可能还有一滴

天黑了

有人站着，也有人举着蜡烛

他们在很远的远处

我什么也看不见

我们乘着纸船去航行

这小小的睡眠

如今

已浸在水中

我在水下

看见月亮在空中摇晃

看见无数的烛光

洒在宽阔笔直的水面上

这是我生前的五棵树

它们一直站着

旷日持久

关于航行的事

我不会比你知道得更多

我是说万一我们走远了

我是说秋天有五种颜色

2001 年 11 月 28 日

阳光下的瓦片

一、词语

我一直被那些词语牵引，乃至催促。它们像音乐，甚至于，像陀螺，在我心中旋转。我可以随时放弃它们，躲避它们。但现在是冬天，在冬天词语会变得温暖四溢，把我紧紧包裹。它们是什么？是谁？

人类的思索，独自横贯长空。当我的词语乍现其间，我知道，这一刹，完成和被完成的，只能是缺陷。

我是这缺陷不可分割的一部分。

现在，唯有这缺陷让我团紧了掌心，胸中充盈，不至于迅速腐朽。

二、书籍

安静太久，唯有那些被我随手翻阅又随手抛弃的书籍，在室内响动。

当我怀着至深的厌倦，在黑夜的内部沉迷，秘密的火种就会啪地一闪。此刻，我看过的书籍列阵一般，它们一一地，自动打开。

西川说：应当用火把照亮书籍，就像印加人用火把照亮他们的城市。

那是地下的城市，站着大师、众神，以及俾德丽采。

三、矿

洗练的，不仅仅是阳光。

比阳光更洗练的，是那些伟大的汉字，是从众神的口中，掏出的金子。

四、迪伦马特

昨天，整整一天，我衣冠不整，乏善可陈。

在地铁中，经过几个车站。我看见自己琐碎、虚无的脸，

站在车窗外。

似乎再也没有停靠，地铁一直在黑暗里开着。

一个小时之后，两个小时之后。他在车窗外一声不吭，

最后说：不好，我们掉下去了。

昨天，一辆载满了乘客的地铁，突然掉头向下，被隧洞

吞噬。

那个名叫迪伦马特的人，一直跟着我。

不好，我们掉下去了。我听出，这是他的声音。

五、午后

午后，阳光的烟尘扫过大街。大街空荡荡的，传来敲打

铁皮的声音。

那声音无休无止，

是我关于童年的全部记忆。

六、冬天

王寅说：谢谢大家，谢谢大家冬天仍然爱一个诗人。

他指的是朗诵。冬天里的朗诵。

许多人经过我的花园，细致的会伫留片刻，或者推门而入。

其中一个必定是你。

在冬天，你推门而入。我不在。

我在你身后的阴影中。

太阳当顶，我不得不眯起眼睛，远远地，看你。

七、失忆

我失去了记忆、青春、迷恋，以及与之对应的仇恨。

久久，我像一段朽木，一度沉溺其中。

现在，我展开了身子，慢慢升离水面，因为失忆而久悬
于青碧之上。

八、苦难

我从来没有见过真正的死亡。

但我万生万世，爱恨情仇，和那些死去的人们，在一起。

九、一次

小时候，我常以这样的词开头："一次"，或者"有一次"。

现在当我写下"有一次"，我面临的，是同样的窘境和危险。

王家新说：这不是奇迹，而是对一个诗人的惩罚。

当我拉了上窗帘，在室内走动；

当我端出茶具或者擦亮铜镜，

就会发现自己，和旧时代的风月，正遥遥地，对峙。

十、五棵树

五棵树，手牵手，站在大路口。

它们决不走近，也不走远。

它们被我刻画在白云下，不习惯哀伤，

哪怕大风吹过，哪怕大风悲鸣。

我在路上，那么想：总会回去的。是的，总有一天，我
要回去。

今天，中国北方发生了重大的雪事，阻断了道路。

就像我手中一直团紧的石头，手一松，再也寻不见。

五棵树，明天，我再也走不回五棵树。

十一、幸福者同盟

世上，所有的幸福者，结成了同盟。

我将毫不犹豫加入其间，这是幸福者的同盟，这表明：

我是幸福的，我将站在幸福者一边。

哪怕我哀伤，也是幸福者的哀伤；

哪怕我痛哭，也是幸福者的痛哭！

2001 年 12 月

倒数三下

我翻下后视镜
看见了整个夜晚
都在刮风
一月和二月
在风声下面斜斜地生长
像一路倒伏的
我的头发

倒数三下
冲向悬崖

你在后面坐着
并不出声
这时候世界是虚弱的
安静得只剩下绝望的钢琴

很慢，一下又一下
你在去年这么弹着弹着
我翻下后视镜
看见你
突然就埋下头去

是什么，伸进我的口袋
死死攥住
我的衣领竖起
下面是风，像风衣被风鼓满
实则空空如也

我对自己说：
倒数三下，倒数三下

我的这辆老式吉普
就像喝多了酒
跌跌撞撞
我担心它是否能开到天明
好大的风啊

却听不到声音

你把这叫作绝望的钢琴

很慢，一下又一下

最后一下

你看见

我突然就埋下头去

这世界就是这样

只要你倒数三下

倒数三下

拉住我

对，拉住我

2002 年 2 月 10 日

停顿

一只鹰，在空中停顿
天空像半声呼哨
拉长了它的幅宽

我是它的灵魂
飞离了它
飞离使天空突然转暗

世界已经停顿
从上面到下面，只有我一个
在中间慢慢回还

铁索桥上，黑云之下
黑云掉下一半
和你的风衣，合为一体

黑云就站在你面前
伸出
漆黑的枪管

风衣像你的翅膀
张开，这忧郁的铁
只张开到一半

我也是黯淡
我也是湛蓝
但我绝不可能是吹散

你伸出手
把漆黑的枪管
慢慢拨开

2002 年 2 月 19 日

关于你的事

黄昏

成群结队的鸟飞过窗口

这时我正打开抽屉

忘了在寻找什么

鸟群飞过窗口

我可以感觉到它们

在我的房间遮上一层灰布

随即又慢慢抽走

我放下药片

对着窗外久久张望

关于你的事

要到午夜才能发生

要到午夜

我才能看见
一辆又一辆出租车
在我们面前停下
又接着开走

午夜
你在街对面站着
树影浓郁
我看不清你的脸

我一转身，就听到
很轻的声音：砰的一下
好像什么东西关上了
好像也是
旧时光
对我关闭的声音

关于你的事

我能说的就这么多

这是一个来自
过去某个瞬间的电话
我攥紧话筒，答非所问

关于你的事
我知道的就这么多
人说美丽是一种残酷的距离
鸟群飞过窗口
天空已经暗了

我久久张望
窗外月明风清，已是午夜
明天，什么会来
什么不会再来
我想了又想
我到底想说什么

2002 年 3 月 6 日

今年，我只醉过一次

每到春天

我都会大病一场

像有一只小虫子

在我的血管里慢慢爬着

看上去，它老了

和我一样力不从心

今年我只醉过一次

走上大街时，已是深夜

大街晃了两晃

等我站起，它已倒下

一望无际的大街

替我护送朋友们回家

原谅我不能兴高采烈地

和大家说话

灯光灰暗，我在想一些事

我在不由自主地

把酒杯端起

又接着放下

今年我只醉过一次

和朋友们喝酒是幸福的事

看到你们哈哈大笑

使劲地和我说话

朋友们

你们不知道

这个时候

我是多么地想念你们

2002 年 3 月 31 日

微弱的声音

无论我走到哪里

总能听到那个微弱的声音

是提琴默默地

扶在艺术家的肩头

是天鹅在哭

人群中

那声音就会收拢翅膀

在我心中

慢慢蜷起

现在我在楼下站住

想象你趴在

三楼的窗台上

哪怕看见我

也不会有太多的惊喜

去年秋天

光线从楼缝中

笔直地洒下

而我，手插着裤袋

我知道你在

你在去年秋天

探了探身

又轻手轻脚地

把窗子合上

我向上看去

阳光是无数个圆圈

突然就散开了

我睁大眼睛

我什么也看不见

其实我一样的虚弱

秋风扫过时

那个微弱的声音

像干燥的尘埃

在我心中
慢慢蜷起

我手插着裤袋
站在街头发呆

想起去年秋天
我的影子有点细长
落日下的人们显得匆忙
也有人偶尔回头
那个声音埋在地下
仿佛又要响起
我的嘴唇动了一动
谁也没有发现

2002 年 4 月 10 日

鲜花有暴力

万丈红布
高悬头顶

鲜花有暴力
开放于盛大的原野
此时，只有我
长久昏迷，不愿醒来
只有我能
听到烈日在群山之巅
在疼痛的水面
纷纷炸响

我把死亡
死死捆绑在我身上

万丈红布

来为这赤脚五月取名

走上为我而设的火堆

鲜花有暴力

把这火

举过头顶

初生的美，美而有罪

我长眠不醒

用昏迷，或者泪水

才能将之赦免

2002 年 5 月 6 日

小爱

兄弟，我们十年没见

时间过得真快

十年前，我们都很无聊

摇摇晃晃回家

我若打酒，你就会包点熟菜

那个叫小爱的姑娘

出现了一阵

后来消失了

你我就都不再提

只要我一沉默

你就会说些听来的笑话

那时我们常这样

只要有酒

就会笑得没心没肺

现在想想

一点也不好笑

十年来
你还是老样子
而我只是匆匆忙忙
扬手招车
忘了带上钥匙
喝酒的朋友经常在换
叫得出名字的却没几个

那时你小
一小绺头发，粘在额前
有时找不到话题
就说些蠢话感动自己
比如骂邻班某女有眼无珠
比如义气第一爱情第二
现在你知道了
我活得脑满肠肥
每天都可以把你忘记
这一忘

已经十年

今年我找过你一次
在你墓前坐了一下午
我还是一个人，你也一样
兄弟，真该敬你一杯
天暗的时候
那些碎纸凋零
都是小爱留下的

有些事不如不提
现在我已难得脆弱
回头看时
洋槐花落了一地

2002 年 5 月 8 日

现实一种

我梦想自己
一路行走，像野花一样
在长空下以手扶额
或者深入大海的心脏
抛下万里不归的锚

那些黄昏
及其猩红的魂魄
从众山的酣睡中浮起
拍打翅膀
和死亡相互吹息
他们神伤的神色
使我确信，我并非不死

我并非诞生于雷霆

甚至在睡梦中

也只有泥泞撼动脚踵

也只有风吹瓦当

亲手把手埋掉

亲手把手埋掉！

同是行路，同是物质无比的深渊

我越来越走向

梦想的

光辉灿烂的反面

2002 年 5 月 20 日

独自一人

上到比青春更高的地方
大穹顶，被黑暗拧弯
大穹顶
星辰正奔涌，镶嵌其上
像秘密的火把
抛向杳不可知的深渊——
它似乎更遥远了

独自一人，彩虹当顶
雁翅呼啦啦地
把大地转移到我的左边
我只能拥有
大地飞翔的一瞬

在右边

和我无关的

被四季缚住的花树

次第开过

这也与我无关

独自一人

说出我的名字

鲜红的河流

比死亡更为平坦

如今，都被我倒悬天际

彩虹当顶

在我的额头刺字

比青春更高的地方

是黑暗的天文

死亡的梦境谁也攀爬不上

2002 年 5 月 31 日

167

一首好诗

一首好诗

把韵脚轻轻蜷起的好诗

我随手放在

过去的某一个地方

偶尔提起

也当是日常生活的一次闪失

你可以看到我青春狼藉

你可以看到我

趴在雪堆上

进入冬天漫长的昏迷

黑暗中

是谁推开了一道光线

只有尘烟浮起

然后消失

如果时间可以合拢

如果一首好诗

可以像伞骨那样

缓缓撑开

过去的一首好诗

在镜子中

弯下腰去

我等着

雨水溅进了窗子

像个陌生人走近

这个季节需要我们慢慢熬过

2002 年 7 月 9 日

我身体里的雨水

这座城市没心没肺

你与它相爱，分手

你与它相顾频频，一步三回头

它总是这样

似笑非笑地看你

或者面色铁青

转脸而去

所有的声音都自己浮现

在上海，我听到的

独自的叫喊

是落荒的马匹

它来自鄂尔多斯

来自开阔之地、未名之地

这声音单枪匹马

掩入阵中，就别指望还能回来

别指望时间
还会在泪水中停留多久

种在我身体里的雨水
经年往复
把我冲刷平坦
三个房间
我会在不同的房间里
逗留一个下午
最后我甚至走上了阳台
全世界阳光灿烂
没错，这雨水
哗哗响着
是种在我身体里的雨水

只要我还在上海
只要，我身体里的雨水
还是绵密的

还是缓慢的

曾经有那么一天
大暴雨，被风吹散
你掖好了我身上的被子
轻轻带上了房门
我翻了个身
我身体里的雨水
突然就溢出了眼眶

2002 年 7 月 11 日

恐怖电影

电梯停下，指示灯一闪一灭
如果我不提醒
铁门将永远关闭
而你总是
按照生活的原样
上妆，出街，和邻居说话

我独自在家
目送恐怖电影中的你
摘下耳坠
走进盥洗室

是谁在哗哗地洗手
洁净的手
在血水中相互缠绕

是谁透过猫眼

看见空荡荡的走廊

看见突然探出的

另一只眼睛

一声尖叫

我关掉电视，拧亮电灯

多少次，每到这段

我总是

按照生活的原样

无法通过

一声尖叫

你坐在我的边上

就在这段

我的手臂被

死死扣住，动弹不得

2002 年 8 月 11 日

最后一夜

所有的诗

今夜都站到了一起

山崖上，所有的女子和青瓷水碗

像风神的托举

所有的诗都盛满幸福

今夜，闪电静止

唯余竖琴

唯余星辰

像灵肉绕行，要把我的一生

在诗中安葬

让仇恨带走仇恨

最后一夜

所有的诗都站到了一起

被我付之一炬

在山崖上

高高举起

却照不见天堂

照不见你

天堂里人声鼎沸

呼叫着万物的姓名

滚过我

日渐衰竭的耳际

2002 年 8 月 11 日

童话

把睡眠平放
把你枕在云朵上

我只扶着小小的木头
会说话的木头
在平原之巅，因为有我
它将不再孤单

因为有我
大海不会再次燃烧
我把睡眠平放
长长头发
会说话的头发
枕在海上

远方的马儿

在黄昏下沾染了芳草

空灵的气息

在平原之巅，因为有我

它们将不再孤单

2002 年 8 月 16 日

病中

在病中你弹起了吉他
像骨头在体内响动，有很轻的和弦
一下子，四周安静下来了
安静掏空一切
连墙壁，都厌倦流动

一次长途旅行之后
你关上了门窗，回到病中
像一座空城回到它的茫茫戈壁
突然间，丧失了全部记忆

除了时间，你永远无动于衷
人们偶然的走近
也不会带走些什么
留下些什么

而一朵小小鲜花

在千里之外轻轻地摇响

却让你停止了弹奏

在病中

你把头深深地埋进了双手

2002 年 9 月 15 日

女神

有女神就有思想
浑身是灿烂气息，当然她
诞生于烟火的四周
诞生于无，不用惧怕毁灭

我窒息于
这大片凝固的美
从地幔中隆起
仿佛春天久驻
长空催生着长空
诗催生着诗
一泓清水，自我眼中
横贯到航线和锚链的尽头
而光滑的马匹
在万里碧涛中悠然踢踏

有的疲倦，有的离开

只有沉思的岩浆

被火焰浇铸成浩荡的文字

暗红的钢，成群结队

拥向壮丽的海岸

这么年轻，跟随着世界的桅杆

一去永不复返

甚至比爱情还要年轻

这不朽的，易死的

无上的，脆弱的

把青春的巨大象形

摆放在死亡跟前

让生命的节日在大地上熊熊燃烧

让生命的节日开放出

败血的花朵

却不能让我照见

却不能，像子夜火山

让我久久入睡

反而你是永恒

黑暗的手，也是黑暗本身

你看曙光一闪

扶起了无边尘土

2002 年 10 月 12 日

酒后远行

黄昏高大，像幻觉
像一次酒后远行
挑起的风灯，不祥的雨水
抱紧你寂寞的脊背
看你酒后远行
看你满身的布条
在风中安静下来

秋天瓦蓝
把这经年的雨水
要从家乡的铁皮屋顶
草草解散

酒后远行
不再回来

让我看到你青春狼藉

是多么无辜

满身布条的青春

像刚烈的马匹

在黄昏下飘动

在风中安静下来

酒后远行

孑然一身，越过万颗头颅

孑然一身，卷入茫茫苍穹

一笔带过的

家乡的铁皮屋顶

是谁正默默垂坐

黄昏更像幻觉，悠远平坦

而不仅仅是忧伤

2002 年 11 月 19 日

幸福只是让你轻轻踮起了脚尖

秋天忽高忽低

挂着满身的松脂，落下平原

大路朝天，风吹万里

大路朝天，把我带到这里

可以把秋天倒悬

即便是雨，即便是雨燕

也会因你，而与你紧紧缠绕

你说：幸福只是

再活一遍

重新活过，像朗星

在暗夜中升起

今夜，众山

予我以野花的山呼

雁群似阵

一万里风光瞬间晃过

今夜

它们将不再孤独

十根手指，扣住蒙蒙水线

十根手指，五个少男

还有五个是少女

也会因你，而与你紧紧缠绕

你说：幸福只是

让你轻轻踮起了脚尖

2002 年 12 月

在阿尔泰想念远方的朋友

黄金堆满阿尔泰

去年秋天

我在中国西北

走了走

走到离家最远的地方

就是你们常说的

阿尔泰

你们说：阿尔泰

连光线都

流动黄金

而我只听到

八百里水响

被针叶和草根紧紧抓住

这是一个奇迹

就像图瓦木屋和
塔吉克毡房
紧紧地抓住土地

难得遇到
阿尔泰的秋天
稀薄，近乎空虚
这个时候
谁也无法说些什么
傍晚起了凉意
远方的朋友
你们常说
黄金堆满阿尔泰
我想
如果你们都在
这个时候
也该是漫山遍野

2003 年 1 月 7 日

纸上的惊鸿

噩梦成群结队，也会飞行
也会乘桴浮于海
由南至北，渐入深芜
薄如沧海，辽阔如鱼背
横贯我祖国的广场

噩梦中，飞行着巨大的鸟骨
这是黑夜的驼峰
走在曲折的诸世纪
这是悲哀的雁群
在长空下合唱
在长空下迈动步伐
它们象征着
我祖国的唱诗班
由南至北

越高耸，越是不见一人

我把噩梦比作
纸上的惊鸿
甚至比作
断代的英雄
取出他的脊骨
这个春天
只有他和春天一起久久飘动

2003 年 5 月 11 日

191

总有一种生活让我们心如止水

昨天，我路过东平路

树木葱郁，一个旧相识

想不起名字，就擦肩而过

我习惯于这样

和旧时代的繁文缛节

擦肩而过，就像我随手

掐灭一个烟蒂，用力准确

这一切，是多么

简单而幸福！

十年前，我在东平路

我说：上海，这个腆腹的过客

我所说的上海

只是一具灵魂，或是

科幻电影中的庞然大物

也可能是我自己

和那个叫上海的城市无关

昨天，我路过东平路

一个玩牌的把七张牌倒扣

他叫住我，居然说：

请你说出生活的两面

我发现他有一种

被生活浸泡过久的

恬不知耻的冷静

恬不知耻的冷静

和恬不知耻的悲情都是不对的

我拐过路口

把手中的两枚硬币

高高地

抛向空中

我可以接住其中一枚

却始终没有

伸出手去

2003 年 6 月 10 日

地衣

地母为少年盖上了地衣

少年站在地下

少年垂下双手

万物以息相吹

像冬天的铁片

划开皮肤

像单独的树木

只可以疼痛

只可以

被死亡摆放成

它所需要的样子

少年垂下了双手

地母也睡了

几年前偶有彩虹

寂静闪过

几年前偶有彩虹

在我睡梦中

为我盖上了黄土衣裳

2003 年 6 月 17 日

一夜

整整一夜

都是旧人倾空的炉香

都是烟灰色的人

匆忙赶路的人

被雨丝打乱

来不及归家

却已淡出

无限开阔的一夜

生者寥寥

来不及归家

就已淡出

这无限开阔的

纸折的睡眠

抚琴也不足以安抚

不足以拉长水滴
滑过星辰闪耀的窗格

或一个，或一群
万顷梦中
人们独自变暗，沉下块垒
人们立于虚无之地
被雨丝打乱、折叠
整整一夜
我都是盲目的
看梦境压低了旧世界的风雪
看旧世界风吹家乡，越变越小
风雪中，无人横笛
我这么看着
整整一夜
已不可能再低

2003 年 10 月 6 日

晚香

晚凉因风而起

路人们拐上秋天的台阶

在昏暗中交头接耳

我打亮了火机

判断家的位置

其实也是你的位置

很久以前

我也像现在这样

在昏暗中低头赶路

甲虫似的车子

有着陌生人的莽撞

隔着风声与我一擦而过

很久以前

我是自己的老友

打亮火机

判断烟头的位置

也就是自己的位置

路人们都随着季节而沉迷

不会留意我站着

在甲虫似的车子中间

远远看见你拐下秋天的台阶

向今天走来

今天的晚香因你而起

又被风带倒，像昏迷

在镜中

挽住我幻视的双眼

2004 年 1 月 10 日

死者无疆

你们初来乍到，你们挤在生者中间，要往世间旅行。

一

什么样的面孔，转向火焰
什么样的瞳孔，抛下灰烬
天空倒悬，青云不坠
在物质间相互传递
转眼成空
黑暗越嘶哑，越是不可穷尽
投射于死亡迷阵
像人心和候鸟的阴影
掠过幽深的肺腑，转眼成空
岁月无须质问
丝帛一样绵长

流沙一样在身后闭合
它一路行走
它一路埋葬

二

那一年
四周都是水声

老赵死在三月
这个蹩脚诗人
每天按时上班
却在出门的拐角停下
扶着橱窗慢慢滑落

燕子死在旅途
被一辆粗心的的士剐倒
西湖边人来人往
几个少男少女穿过马路

赶往游船码头

阿苏参加完圣诞狂欢
既无艳遇
也无痛苦地死在床上
女朋友小桃说
这是她第一次看见
这么熟悉的人永远消失

外婆死在那一年的十二月三十一日
我扶着她的灵柩
艳阳高照
满山都是喊灵人的声音

三

七个说书艺人
把书投入火炬
七个布道人

齐齐站在

世界之夜的道路上

屈原、海明威、凡·高、叶赛宁、茨威格、海子、戈麦

他们宁可用斧头

劈开诗歌过于黑暗的肉体

劈开自己的血

他们宁可

投身于未名之地

用斧头替代过于荒凉的词语

七个说书艺人

见微知著

把现世当作浩瀚的上卷

宁可被死亡合拢

宁可被收藏于

秘密的、支离破碎的下卷

这死亡加速度的美学

滋生出事件、仪式

和万般可能

四

你们初来乍到
你们挤在生者中间
要往世间旅行
只有幸福者不在其列
幸福者围着天堂的火炉
没日没夜，没心没肺
吟哦无字之诗
四周是
虚假的玫瑰
四周是万里虚空

2004 年 1 月 13 日

黑漆四月

谁能相信这是四月
一个街边少年
羞怯、恍惚，不住感冒
少年穿过铁桥
在黑漆上划出血水

他奔跑着
往车后疾速退去
桥沿上，是泥沙、焊铁和血水
我关上车窗
旧时日就被远远甩开

谁能相信四月的绷带
像恐惧缠绕少年
我握着石头

城市忽黑忽白

忽高忽低

日头下

只有柏油唑唑响着

用电焊，把时间焊上黑漆

当我步下台阶

步下高高耸起的又一个夜晚

这少年

他已经走到哪一年

2004 年 5 月 2 日

纸片

始终在空中盘旋
安静的纸片
像那句一见倾心的成语
临走时被忘在桌上

诗歌，单薄得
可以从手掌上浮起
那样安静的纸片
只有一个名叫安静的
女孩，才见过

从此，我再不能
独自回到从前
再不能，让阳光穿透纸片
回到手中

穿透纸片

也回不到桌上

安静，空泛

听得到它们

自己把自己撕碎

诗歌

发生的一刻

我正离开词语

像一柄刀，缓缓地

抽离刀鞘

2004 年 5 月 14 日

黑点

开始只是一个黑点
后来清晰，又被尘土遮住
所以我们始终看不清
只知道一个黑点
在水汽中移动

阳光直刺
水汽在地上蒸腾
这个黑点，移动加快
这是人的移动
看不出面孔
所以，他还只是
一个陌生人

像水汽贴上玻璃

被岁月所挡
这个陌生人，由一个黑点
渐渐长大
渐渐被我们发现
手里提着另一个黑点

阳光直刺海滩
激起无数个白色光圈

这个黑点的出现，是什么时候的事
在陌生人的手上
像一个句号
又像黑洞洞的枪口

我们绕过尘土
我们甚至，绕过重重岁月
我们走近它
光圈散开
却依然看不清

可疑黑点

被这个人，死死攥着

像藏在风衣下面的

某一个秘密

等这个人，慢慢掀起风衣

举起这个秘密

摊开这个秘密

我们都已不在现场

我们自己，变成了陌生人

我们小心翼翼

隔着水汽

每个人手里

都攥着一个黑点

这是什么时候的事

2004 年 6 月 17 日

血

一滴血，足够表现宁静

像一个男人，昨夜滑过刀背

他把手翻转，露出

薄弱的天性

这只手在血中掏了空

凝滞的面部

勾勒得如此潦草

黑暗像谎言纷纷变轻

这滴血，在刀背上跳跃

我把手翻转，拆下

紧张的弹夹

这只手，从昨夜抽回

在血中慢慢掏空

居然有我这样的容器：

沉默和语言，同时在眼里浮现

2004 年 9 月 21 日

旁观者

我需要回想一下童年，

我们的自在性情，大多来自童年。

某种程度上说，童年和晚年是一回事，

现在追溯我的童年，也就可以理解我的晚年。

我有着低沉的童年，像门后的刀，光芒越想越黯淡，

所以我的晚年必是黯淡的。

这也可以理解，为什么同样进入晚年的李老头可以兴致

勃勃，天天逼着我倾听他的商业计划。

如果我理解得不错，他应该拥有一个兴致勃勃的童年。

我在签名时写下：对不起，请继续。

有人问请继续什么，我一时竟不知如何回答。

如果你打扰了这个世界，都要说一声对不起，请继续，

对吧？

这是一个旁观者应有的礼貌。

2006 年 6 月 15 日

出行

我不是一个旅行者。

真正的旅行者，应该是梦想家，对远方抱有莫名的冲动，
受这驱使，他们席不暇暖，
把低沉的命运投入到充满想象力的路上。
而我，对于物质世界究竟呈现如何，实在缺乏乐观。

诗人王寅公然说：你们都不配出行。
他指的你们，还包括小七。
他指责小七在平遥，居然天天躺在酒店里。
联想到某年我在深圳,恰逢世界杯,我也天天躺在酒店里。

但是居家日久，难免生出至深的厌倦，
我常常这样，在出行的萧索与居家的厌倦之间摇摆。

有这么一些，含义为我专用的词组：

比如说到思考，其实只是发呆。

比如说起出行，其实只是离开。

2005 年 10 月 29 日

尽头

总有一天，我会把死亡视作分别多年的兄弟
拥抱他，接受他冰冷的体温

长途旅行之后
黄昏已如此平坦
我看到上帝站在温柔的边境
就像从一匹老马眼中，看到世界的尽头

2012 年